BOB

von

Jack B. Smith

Hallo, mein Name ist Bob. Und ich brenne gerade wieder mal. Nein, nicht aus Leidenschaft oder dergleichen. Ich stehe lichterloh in Flammen weil man mich angezündet hat. Es ist kein sehr begrüßenswerter Zustand und ich wundere mich seit über zweitausend Jahren schon nicht mehr warum mir das immer wieder passiert. Ich sollte mich wohl weniger darüber beschweren wie langweilig mein Job hier eigentlich ist. Irgendein Witzbold hat die Namen der Zielorte vertauscht. Anstatt in die „Tote Pferdemanns-Bar", ging es zu einer Bar die seltsamer Weise nur siebzig Meter weiter liegt und „Pferdemanns-Tot-Bar" heißt. Was der Unterschied ist? In der ersten sitzen keine sadistischen Schwerstverbrecher aus den Verschiedensten mythologischen Gruppierungen der Zeitgeschichte. Aber da ich meine Beine wiederhabe renne ich wie ein Streichholz brennend umher. Warum ich das immer noch kann fragt ihr? Lustige Geschichte.

Damals als ich noch jung und dumm, und noch kein halber Zombie war, habe ich mich mal unsterblich in ein wunderschönes Mädchen aus dem Wald verliebt. Ich fragte mich wie ich wohl ihre Liebe gewinnen könnte.Geschenke und Ränke und all das ganze Zauberzeug taten wohl ihre Wirkung und so lud sie mich zu sich in den Wald ein. Wir haben Honigküchlein gegessen und Met getrunken und landeten schließlich bei ihr in der Kiste. Und gerade als wir voll dabei waren und die auf mir rumhoppelte, hatte die plötzlich ein riesiges Loch in ihrer Brust.

Blutete Grün und blubbert irgendwas vor sich hin und küsst mich.

Genau so hab ich damals auch geschaut.

Sie verfluchte mich mit ihrem letzten Atemzug bis in alle Ewigkeit. Leider etwas undeutlich, deshalb habe ich ein paar Besonderheiten.

Warum zum Geier hab ich mich damals nie gefragt warum jemand wie die alleine im Wald wohnt. Oder warum ich der letzte Mann im Dorf war. So was fällt einem immer irgendwie erst hinterher auf. Heute weiß ich das ich wohl schon lange von der ungesehenen Welt geplant war. Erfährt man aber auch erst hinterher.

Man hat auf die Hexe erledigt weil sie dem Beschwörermagistraten ein Stück von einem alten Artefakt gestohlen hatte.

Wie ich ins Spiel komme?

Es gibt die Weberinnen, die ungesehen die Geschicke des Schicksals leiten. Wobei mir einfällt das man mit denen nichts trinken gehen sollte. Kommt nur Quatsch dabei raus. Besoffene und abgeschossene allmächtige Wesen, die an den Geschicken der Welt herumdoktern und alles im Blick haben müssen, ist eher nicht förderlich. Trotzdem mein Job ist recht ruhig, wenn ich nicht gerade zerstückelt oder angezündet werde.

Ich fühle mich gemobbt. Ich regeneriere zwar relativ schnell wieder aber es kommt trotzdem immer Blödsinn raus. Zum Beispiel entwickelt mein Unterleib ein Eigenleben und ist vom Rumpf getrennt recht aktiv.

Wie sonst hätte ich drei Kinder mit einem Lindwurm, einem Irrwisch und einer Gorgone haben können.

Nein, keine Ahnung, ich weiß es auch nicht wie man das anstellt. Bei den körperlichen Wesen weiß ich das ja, aber bei dem Wesen das nur aus Licht und Energie besteht? Im Grunde genommen. Ist auch irgendwie die harmlose von den dreien. Man wird nicht angezündet oder versteinert oder aufgefressen. Dafür ist die Kommunikation etwas schwer. Lichtsignale die jenseits des Menschlich erfassbaren Spektrums stattfinden als Kommunikation zu haben mag ja für Irrwische Praktisch sein.

Für Menschliche Augen jedoch...

Gott sei dank gibt es Eheberatung und Polygamie.

Eine davon würde mir schon reichen. Ach fragt nicht. Wenn man immer in die Schule gerufen wird weil dein Jüngster wieder die Schulklasse versteinert hat samt Lehrerin, oder die Pubertierende Lichtkugel sich in der Wand versteckt und schmollt. Vom dritten brauch ich gar nicht reden. Ja aber all das ist für mich normal wie Momentan halt in Flammen zu stehen. Ich glaub ich bin unterbezahlt. Nun gut ich spare mir die Krankenversicherung dreimal. Quasi für mich selbst und die Lichtwesen.
 Wo mir einfällt gestern hat Harald der Wurmstichige unser Auto platt gemacht. Verdammte Riesen.

Laufen immer Barfuß und wundern sich dann das sie sich was eintreten. Anstatt sich aber hinzusetzen und das was auch immer da wieder sein Leben lies oder Plattgemacht wurde in aller Ruhe zu entfernen springen die über zwanzig Meter Fachidioten wildjolend in der Gegend herum. Das hört sich jetzt lustig an, aber wenn du bei so einem Typen am kleinen Zeh hängst und der Rest von dir am Großen ist das alles andere als witzig. Ich sollte zum Essen heim. Und da weiß ich halt auch nicht was mir lieber ist, von einem Nachbarn zertreten werden oder einen gekocht und serviert zu bekommen.

Ja Gorgonen kennen da halt nichts. Markiert der Hund auf unserm Rasen kommt er halt auch noch mit dazu. Zum Nachbarn in den Eintopf. Manchmal bin ich echt froh das ich nicht verhungern kann. Die waren voll nett, aber ihr Hund hatte ein Verdauungsproblem tut mir leid. Und schlecht erzogen war er obendrein. Höllenhunde sollte man auch nicht über die Tierhandlung verkaufen. Wisst ihr die Pinkeln dir irgendein komisches Zeug, das weit über fünfhundert Grad Celsius hat auf deinen frisch gemähten Rasen. Wisst ihr wie lange es gedauert hat bis da überhaupt mal wieder Rasen gewachsen ist? Sechs Monate! Ach auch gerade egal. Ich brenne und es tut höllisch weh. Und ich kenne die Gegend. Keine normale Wasserstelle weit und breit. Nur so ein blöder Brunnen in den ich Springen könnte. Aber dann wirft mein Blöder Arbeitskollege wieder eine Granate rein.

Wir haben extra Anweisung von ganz oben bekommen keine Aufmerksamkeit zu erregen. Ich brenne, schreie wie am Spieß und mit einem großen Knall in die Luft gejagt zu werden gehört definitiv nicht zur Unauffälligkeit.

Ja, die Oberstadt. Eine der Verbindungen zum Erdmittelpunkt, und zu eurer Welt. Wen sollte ich heute eigentlich abholen? Irgend so eine Frau. Was weiß ich. Menschen eben. Ich kümmere mich halt darum weil ich immer wieder recht Menschlich aussehe. Ich habe keine Hörner oder den Unterleib einer Schlange. Auch der Rest, wenn er mal wieder regeneriert ist, ist recht ansehnlich. Man kann halt schlecht zu einem ganz normalen Menschen einen grauen drei Meter Troll schicken und sagen

„Hey pass' auf, du lebst jetzt bei uns!"

oder sie einfach wieder zurückzubringen ohne das sie was merken. Geht natürlich auch. Je nachdem was in der Akte steht. Was halt Oberon und die Weberinnen vorgehen haben. Ob es einen Platz gibt oder nicht. Gerade habe ich aus dem Augenwinkel eine Hysterisch kreischende Frau an mir vorbeilaufen sehen. Sie stand nicht in Flammen, war lediglich in Panik.

Aber ich denke auch nicht wegen mir. Die andere Bar betreibt Ranchid und Anatoly. Der eine ist ein Naga und hat den Unterleib einer Schlange und der andere ein Satyr. Also das heißt Hörner am Kopf und Hufe statt Beinen. Die Menschen sind das halt nicht gewohnt. Ich glaube Panik ist zur Aufnahme in unsere Welt besser.

Andere werden ständig Ohnmächtig und man muss sie dann immer rumschleppen. Und Bandscheibenvorfälle sind nach wie vor voll Blöd. Auch für mich. Tod bin ich eher selten, außer jemand entfernt mir das Herz oder so. Wo bei mir das was einfällt -
Verdammt jetzt löscht mich doch einer!

Ich brenne!
            Hallo Hilfe!
                        Es tut weh und ist Blöd.

Aber wehe wenn man mal jemanden wieder was von mir braucht. Den blöden Rasenmäher hab ich bis heute nicht wieder bekommen. Momentan brauch ich den zwar nicht, weil ich keinen Rasen habe dank dem blöden Nachbarsköter, da geht's ums Prinzip. Wenn ich jemandem den Rasenmäher leihe bringe ich ihn dem zurück und wenn jemand brennt löscht man den. Ganz einfach. Nur weil ich ein halber Zombie bin, denkt hier wohl jeder ich fände das lustig oder wie? Kennen sie das Gefühl als wären sie ein Running Gag? Ich bin doch hier nicht der Dauerwitz vom Dienst! Ach verdammt.
 Wenn ich schnell genug bin schaffe ich es bis zur Küste, sind ja nur zehn Querstraßen. Verdammt vergessen, Giftmüll und das Blöde Viehzeug im Wasser. Ich vergesse immer wo ich hier wohne. Ich sollte einfach wegziehen. Wo es ungefährlicher ist.

Einfach sagen -

Hier, viel Spaß macht euren Scheiß alleine.

Einfach mal Urlaub. Von Feuer, Ehefrauen, Riesen, Höllenhunden, Spaßverstümmlungen und dem ganzen anderen Quatsch. Wobei man sich bei gewissen Dingen ja lebendiger Fühlt als bei anderen. Stellen wir einfach mal gegenüber. Mir wird das Bein weg geschossen. Unbeschreibliche Schmerzen die nicht auszuhalten sind. Während des Heilungsprozesses Knackt und Hupt es an allen Ecken und Enden. Und erst die Reha. Also man spürt sich halt doch irgendwie zwangsläufig. Die einzige Frau von mir die Artikulierte Worte von sich geben kann, hört einfach nicht mehr auf wenn sie diese von sich gibt. Also quasi der Spagettikopf der den hiesigen Skulpturenhandel ankurbelt. Dann sitzt man da am Frühstückstisch und hört plötzlich ein – Du hörst mir gar nicht zu! Ich gehe meistens davon aus das sich wieder irgendjemand auf das Sofa gelegt hat und das unter dem Gewicht aufgegeben hat. Dann sage ich routiniert –

Ja, Schatz wir nehmen das grüne Sofa.

Als ich dann im Krankenhaus aufwachte wusste ich, meine Antwort war wohl offensichtlich falsch. Das Blöde an der Sache ist, dass ist die Einzige mit der man halbwegs kommunizieren kann. Letztens als ich in Bad kam, hat der Irrwisch gepfiffen als ich ihn unter der Dusche überrascht hab. Ich frage mich bis heute was das sollte.

Sie ist nur Licht, hat keinen Körper, kein Empfinden für die momentane Form der Existenz und der gleichen. Piept aber wenn man sie unter der Dusche steht und man zufällig das Wasser andreht. Wusste gar nicht das die überhaupt Töne von sich geben kann und auch noch nicht mal ob das eine Sie ist. Man kann die Discokugel ja noch nicht mal fragen. Bei den anderen beiden kann man ja nachschauen. Gibt ja Schablonen für so was. Macht man aber maximal auch nur einmal. Außer man hat eine extreme selbstzerstörerische Veranlagung. Hab ich übrigens nicht. Auch wenn man das denken mag. Normalerweise züchte ich Bonsai's oder was noch harmloseres. Staub zum Beispiel.

Staub tut dir nicht weg, er versucht selten dich zu fressen, dich zu zerquetschen oder anzuzünden. Auch egal. Ich sollte mich langsam mal am Boden wälzen oder irgendwie anders versuchen die Flammen zu löschen, weil es mich nicht wundern würde wenn heute die zwangsverheirateten Nachbarn zu mir kommen und mich zum Kaffee einladen. Ja meine Leidensgenossen. Wo ich mich immer noch Frage wie ein Plesiosaurier aus Schottland und ein Menschenaffe aus Nepal es schaffen Kinder zu

machen. Ich gehe da aber meist nicht hin. Nein nicht aus nachvollziehbaren Gründen. Die beiden haben wiedermal keine Milch Zuhause und ich trinke das Zeug nur mit Milch.
Scheiß Laktoseintoleranz.
Wobei mir einfällt ich muss noch einkaufen gehen. Was ich jetzt auch vergessen kann weil der Einkaufszettel auch verbrannt ist. Ach ja...

Nein kein Problem, kenne ihn ja fast auswendig. Irgendwie Fleisch, viel Fleisch. Sehr viel Fleisch. Weil uns schon wieder die Nachbarn ausgehen.
So, ähm und noch Sonnenblocker für Blinki.
Ja,keine Ahnung, ist sich wohl selbst zu hell.
Und vor allem eine Sonnenbrille. Wiedermal eine. Ich hab zwar wegen den Versteinerungen der näheren Umgebung zusätzliche Einkünfte, trotzdem würde ich auch mal gerne wiedermal zu jemandem eingeladen werden der sich artikuliert ausdrücken kann. Was heißt artikuliert ausdrücken ist relativ. Sogar schottische Wassermonster haben eine eigene Sprache, es geht halt ums verstehen. Warum Leben die eigentlich noch?
Keine Ahnung.

Ach stimmt, gleicher Yogakurs.

Letztens kommt der behaarte Gatte zu mir und hat mir ein Video gezeigt. Ob ich die beiden kennen würde. Und grinst Böse dabei. Ja auch bei uns gibt es Pornos.

Ja, mein Lindwurm und seine „Gattin". Ich will so was doch gar nicht sehen. Wobei mir mein momentaner Zustand aber auch wieder Vorteile hat, gerade sind meine Augen verkocht.
Naja den Friseur kann ich auch die nächste Zeit streichen. Man hat also auch enorme Einsparungen. Macht das aber trotzdem nicht nach. Ich spreche aus Jahrhunderte an Erfahrung. Ich darf und kann das. Und schaffe das auch ein paar mal im Jahr. Nach einiger Zeit schau ich wieder aus wie aus dem Ei gepellt.
Bei euch bleibt das so. Oh verdammt, das war ne' Mauer. Wenn einem das Hirn verkocht übersieht man schnell mal das man in einer dichtbebauten Gegend unterwegs ist.
Es ist meinem Zustand auch geschuldet, dass ich gerade nicht weiß ob ich darniederliege oder noch umherlaufe.

Ich mag beides nicht besonders, weil die anderen das immer Filmen und ich schau da immer so komisch. Halb Marienkäfer, halb Fackel. Die Wand hab ich noch gespürt und das andere jetzt nicht mehr. Wobei mir einfällt, ich muss das Schlafzimmer nach Süden neu tapezieren. Und Grundieren. Und den Außenputz neu machen. Und Außen neu weisseln. Und die Leitungen neu ziehen, Wasser und Strom. In der Mauer die ich noch Mauern muss. Ab Küche Nordseite Mitte. Die ich auch irgendwie wieder neu machen muss. Also eigentlich das Haus neu bauen.
Und dieses mal dran denken, dass Haus mit Hackschnitzel und nicht mit Gas zu heizen.

Und für meinen Lindwurm ein Nasenspray zu holen, zum Anfang des Schnupfens nicht im Fortgeschrittenem Stadion. Oder ich lass das und erhöhe das Taschengeld von meiner kleinen pubertierenden Gorgone gleich angemessen, dann dreht die nicht heimlich das Gas auf Anschlag auf. Im Grunde genommen ist es egal. Wenn Mutter Lindwurm wieder Schluckauf hat oder ne' Spinne sieht ist es eh wieder im Arsch. Hey irgendwas riecht hier verdammt gut durch. Grillfleisch muss ich auch noch holen. Dieses mal nicht mit Knoblauchmarinade. Ganz wichtig. Neue Nachbarn. Nicht schon beim ersten Grillen vergraulen. Sind Vampire, neu hergezogen. Irgendwie ein Graf oder sowas. Seit den Untotenkriegen läuft der Handel mit solchen Titeln ja wie blöd.

Also kann auch gut sein, dass es einfach nur irgendwie ein armer Trottel war den's damals erwischt hat. Ach gesehen hab ich schon so einiges. Aber so eine übertriebene Frisur wie bei seiner Frau noch nicht. Wo ich meine Grogone immer bewundern muss. Sie hat ihre Haare gut im Griff. Spart sich den Friseur auch. Also quasi wie ich die nächsten Wochen. Stimmt das Sofa. Ganz wichtig ich muss ein neues Sofa kaufen. Oder warte ich noch da war noch was. Stimmt wir haben Momentan ja noch nicht mal ein Haus in dem ein Wohnzimmer sein könnte. Wo mir auch noch gerade einfällt, der andere Nachbar wollte neu Begonien haben.

Und einen Pflanzkasten mit Balkon. Wo grillen wir eigentlich heute? Wir haben ja schon wieder keinen Garten. Und auch keinen dazugehörigen Grill. Muss ich mir noch was überlegen. Auch das vorstellen der neuen Nachbarn wird heute interessant. Ich lasse mal, denke ich meine Frau sprechen die so was ähnliches wie Sprache beherrscht. Sie wird so was sagen wie – Das ist Gisela und Pascal. (Lindwurm und Blinki), mit unseren Kindern. Und das dort drüben ist mein verbrannter Mann. Er kann momentan leider nicht zu uns Stoßen. Seine motorischen Fähigkeiten sind die nächste Zeit wegen einem, mehr oder weniger unabsichtlichen Arbeitsunfall, der heutige Passiert ist, recht limitiert.

Sie müssen ihn verstehen. Er ist nach so einem harten Arbeitstag einfach nicht in Stimmung für ein geselliges Beisammensein. Würde ich mir wünschen, so was in der Richtung mal zu hören. Ist aber seltener als man denkt weil, die meistens vorher versteinern oder aufgefressen werden. Außer sie sind im selben Yogakurs. Gegen Geselligkeit habe ich selten was. Wenn ich denn welche hätte. Alles was nicht die aufgehende Sonne mit dir turnt darf gefressen oder auch versteinert werden oder wie? Ganz ruhig, nächste Woche ist der Termin für die nächste Eheberatung. So wo ist den mein Handy? Ich muss anrufen das es heute später wird und sie schon mal mit dem Essen anfangen können. Insider....

Wobei ich mich immer frage was an Vampiren so lecker ist. Trifft man das Herz zerfallen die zu Staub. Dünger! Stimmt Dünger! Für unsern Fiikus. Ich hab ja eigentlich auch was gegen dieses Titel kaufen, manche dinge sind mir aber trotzdem zu extrem. So jetzt sind auch noch meine restliche Sinne komplett verbrannt und ich bin komplett Orientierungslos. Auch egal, wird ja wieder. Wobei mir einfällt...Dings...Ähm...Ach verdammte Hitze.

Krautsalat!

Den soll ich auch noch holen. Wobei Blutwurst schon irgendwie nebessere Idee wäre. Wenn man erst zu Dünger verarbeitet, keinen wirklich großen Hunger mehr hat. Ja eher selten. Meine momentane Situation hat auch praktisches. Ich spare mir die Kohlen. Nein quatsch, soviel brennbares Material geb' ich auch wieder nicht ab. Was aber nicht meinen neuen Anzug betrifft. Nie wieder Kunstfaser! Schmilzt und verbackt dann mit der Haut. Baumwolle ist da besser. Aber auch hier der Hinweis, macht das nicht am eigenen Körper Zuhause nach. Klamotten kosten was.

Getränke ganz wichtig. Wenn ich aber meine Momentane Situation bedenke und den gewöhnlichen Verlauf des Abends spare ich mir das auch. Keine Ahnung was alle Gäste bisher gegen Yoga hatten. Aber das ist eben der Wunde

Punkt meiner Göttergattin. Also zumindest der die keine Schlange ist sondern welche am Schädel hat. Ich glaube die andere hat einfach nur Unterzucker. Oder sie ist Frustesserin, vielleicht kommen ihre Tage einfach auch nur in blöden Abständen. Ich weiß da ist man nicht gut drauf. Aber weil sie sich nun mal nicht so gut ausdrücken kann weiß ich das halt nicht so direkt. Meine Eheberaterin meinte ich müsste in sie hineinfühlen. Mich Seelisch mit ihr verbinden. Auf mein Herz hören und auf ihres. Ja ich fühle mich regelmäßig sehr mit ihr verbunden. Nämlich immer dann wenn das dreißig Meter Ding mich auffrisst und durch ihren kompletten Verdauungstrakt Jagt. Ich höre dann Tatsächlich auch immer mein Herz, weil ich so durch verdaut bin das ich es zwangsläufig hören muss.

Und wenn man sich im Körper eines anderen befindet hört man zwangsläufig auch ihr Herz. Meine Eheberaterin meinte daraufhin ich solle das nicht alles so negativ sehen. Sondern mehr auf meine Gefühle hören. Ja, wenn man Tagelang in Magensäure liegt sind die zu-malen sehr sehr laut, hab ich ihr dann gesagt. Dann meinte sie ich höre ihr nicht richtig zu und ich würde nicht auf meine Partnerin eingehen. Ich meinte dann das ich wahrscheinlicher in sie gehe, nämlich immer dann wenn sie mich auffrisst. - Sie versuche mir eben besonders nahe zu sein – meinte sie. Ich sagte – Nein, sie ist eine dreißig Meter große Eidechse und frisst generell alles was in ihrem Dunstkreis kommt. Und es ist egal ob das die Stiefmütterchen des Nachbarn sind oder der eigene Ehemann. Ach ich freue mich schon auf Zuhause.

Zum Schuldirektor muss ich übrigens auch noch aus diversen Gründen. Halbgorgonen versteinern auch nur halb. Ja der Typ ist selber Schuld, wenn er sie mit einer anderen betrügt. Teenager halt. Hausarrest und Taschengeldentzug muss ich jetzt auch irgendwie umwandeln. Naja zumindest den Hausarrest. Ist ja auch logisch, ohne Haus.

Das macht die Extra!

Aber halb versteinert zu werden ist immer noch besser als verbrannt zu werden oder aufgefressen. Manchmal lobe ich mir die Irrwische. Die Fressen niemanden, versteinern oder verbrennen einen nicht. Trotzdem ist es die einzige bei der keine Physikalische Möglichkeit vorhanden ist um irgendwie ein Kind damit zu machen. Besteht ja nur aus Licht und Energie. Die Yogalehrerin meinte mal, dass das doch möglich wäre. Energetisch. Rein Energetisch spare ich mir die Stromrechnung. Die sind Hell genug. Was sie übrigens auch Nachts sind. Und an Weihnachten und Ostern. Also egal wann. Immer. Früher hatte ich einen Hammer, heute habe ich Schlaftabletten und eine Augenbinde. Wer kann den bei soviel Licht schlafen. Und Ohropax. Ich hab nie herausgefunden wer von

den anderen beiden lauter schnarcht. Was nach all den Jahren aber auch egal ist.
Und Momentan auch. Wir haben schon wieder kein Schlafzimmer. Was das tolle ist weil ich wegen meinem Streichholzzustand in einem weichen Krankenhausbett schlafe.
Ruhe, Frieden, Valium, Morphium...

Ich soll ja unauffällig bleiben. Irgendwie. Wo sich mir momentan die Frage stellt ob ich gerade noch brenne. Es ist echt heiß, und das bin nicht ich wie normalerweise, also brenne ich noch. Stimmbänder dürften verbrannt sein. Wäre nur noch zu klären ob ich laufe, oder liege. Gewicht im Rücken... also Bewegung mit den Füßen einstellen und warten. Zumindest bis ich aufgehört hab zu brennen. Was nicht mehr allzu lange dauern dürfte. Wobei mir einfällt hab ich eigentlich die Versicherungsbeiträge bezahlt? Wir hatten Wasserschaden, wurde bezahlt. Wir hatten Glasschaden, wurde bezahlt. Wir hatten Gerhirnwurmunterwanderung, wurde bezahlt. Also soweit ich mich erinnern kann, was ne Hitze. Dann hatten wir erweiterten Hausrat, wurde auch bezahlt. Ach verdammt, ich hab Gas und Feuer vergessen. Mist. Aber Hauszerstörung im Krankheitsfall und pubertätsbezogener Destruktivität, hab ich erst letzten Dienstag verlängert. Gott sei dank.

So, was war noch. Da denkt man man hätte an alles gedacht. Manchmal tut zu viel Hitze einfach

nicht gut. Irgendwas...war noch was ich noch nicht klar erkennen kann. Also Situativ...
Ich Brenne...

          ...wir Grillen...

                 ...die Nachbarn kommen...

    ...in unseren Garten...

MEIN RASEN!!!!!

Verdammter Mist, mein Rasen ist schon wieder im Arsch! Naja, zumindest die Anebnung, wo der wieder drauf wachsen sollte. Nach einem halben Jahr pflege und arbeiten! Und das Haus! Nach einem dreiviertel Jahr und fünf Hypotheken! Die hat so was von Hausarrest und Naschverbot! Und Taschengeld ist für die nächsten fünfhundert Jahre mindestens gestrichen! Manchmal ist das verlieren sämtlicher Sinne und Gefühle auch nützlich. Wobei mir auffällt, ich weiß gerade nicht wo ich bin. Auch nicht ob ich liege oder stehe. Ob ich noch alle Körperteile habe. Ob die nähere Umgebung brennt. Ob das nun als Unfall gilt oder nicht. Ob das meine Versicherung abdeckt. Wohin meine eigentliche Zielperson verschwunden ist. Ob die Kerle aus der Bar mir nachgegangen sind. Ob meine Arbeitskollegen jetzt das ganze übernehmen. Ob ich, falls es mich zerlegt, wieder richtig zusammengesetzt werde. Und das ganze schon wieder. Es ist mir nicht neu. Auch nicht das Vordergründige Problem. Das Vordergründige Problem ist momentan eher, wo bekomme ich in meinem

Zustand Krautsalat her. Oder genug Grillfleisch. Wie bezahle ich die Hypotheken.
Aber eigentlich auch nicht. Es ist all das nicht das Problem. Es ist eine Einstellung zum Problem. Wobei ich meine körperliche Einstellung gar nicht kenne.

Also quasi in welcher einen Stellung mein Körper sich zum gegenwärtigen Zeitpunkt befindet.
Was mich auch an etwas erinnert was mir normalerweise gegen halb zwei Uhr morgens widerfährt. Weil gewisse größere Eidechsengattinnen Schnappatmung haben.
Also sie atmen plötzlich unkontrolliert ein.
Da ist es dann ähnlich dunkel wie gerade eben.
Ich hoffe dann meist, oder aus Erfahrung mehr oder weniger nicht, auf einen Hustenreiz.
Nein fragt nicht. Das was dann hell ist, ist nicht das Tageslicht, sondern eher man selbst.
Weil man brennt. Nur nicht so lange.
Was an der Situation auch nicht das Störende ist.
Es ist die plötzliche Beschleunigung die man beim verlassen des Rachens erfährt, wenn man mit gut hundert Sachen gegen irgendeine Wand fliegt. Und da ist es egal ob oben, unten oder nicht näher identifizierbare Himmelsrichtungen.
Das ist Situativ völlig egal. Es ist auch egal welches Möbelstück man mitnimmt beim verlassen. Oder ob es der Kristallleuchter von Tante Klara war. Und auch das man dafür enterbt wird. Auch das sie nie wieder ein Wort mit einem spricht. Man hofft nur irgendwie ganz zu bleiben,

damit man sich nicht wieder einfangen muss.

 Also Teile von einem selbst. Hände, Füße oder im Schlimmsten Fall Unterleib mit Beine. Ich hasse es nämlich vom Beamten auf dem Fundbüro gefragt zu werden, wie es denn
 heute so geht, wenn ich letzteres wieder mal abgehauen ist.

Ab durch die Mitte. Tschüssikovski. Die Alternative bei der Schnappatmung meiner Lieben Gattin, ist der Schluckreflex. Weil dann alle meinen ich hätte sie mit den Kindern sitzen lassen. Ach wie kommen die den darauf. Es ist eigentlich egal ob mir das in der Arbeit passiert oder Zuhause. Völlig und Vollkommen. Unausweichlich. Der Unterschied ist warum ich angezündet, zerstückelt oder aufgefressen werde.

Ach mein Sonnenschein. Das einzige Wesen, dass mir nicht nachweislich absichtlich oder unabsichtlich (nicht zwingend in dieser Reihenfolge), Schaden will ist der Irrwisch mit seinem Kind. Oder eigentlich gesagt weiß ich nicht ob das ein Kind ist. Ist ja nur eine kleinere Ausgabe von einer Lichtkugel. Soll aber von mir sein. Keine Ahnung wie mein Unterleib das hinbekommen hat. Oder ob. Einem körperlosen Wesen ein Kind zu machen, wenn man alles vom Menschen ist vom Bauchnabel abwärts, ist sowieso ein Wunder. Ich bin der halbe

Wundermax. Glaub ich. Also zumindest Teile von mir.
 Wenn ich so darüber nachdenke...die Falschen. Oder auch die Richtigen. Was weiß ich.
Die Yogalehrerin meiner Drachenfrau meinte, es wären irgendwelche Chakren die sich auf multidimensionaler Ebene vereinigt hätten, und ein neues wundervolles Wesen hervorgebracht haben. Eines das es in dieser Form noch nie gab.

Absolut einzigartig und wunderschön.
Das mag schon alles sein. Aber die denkt ja auch das meine Frau die bei ihr nen Yogakurs macht in Wahrheit eine verzauberte Elfe ist und lediglich in den falschen Körper inkarniert ist. Also Elfen sind in der Regel zehn Zentimeter groß, haben durchsichtige Flügel und essen in zweitausend Jahren nur ein einziges mal Nektar. Und nun betrachten wir den Lindwurm der meine Frau ist.

 Ein unzurechnungsfähiges, verfressenes, Jähzorniges, autoaggressives Ding, dass Schnappatmung hat. Mich gelegentlich mit dem Nachbarhund verwechselt und mich daher bespringen oder auffressen will. Was manchmal auch kurz nacheinander passiert.
Bei jedem Schnupfen das Haus in die Luft Jagt und meist die komplette Nachbarschaft samt Haustieren auffrisst. Ja sie ist eine verzauberte Elfe. Oder die Yogalehrerin hat nen großen Knall.

Was von den beiden Möglichkeiten am

Wahrscheinlicheren ist. Und da fragt man mich wie ich mit den dreien zusammen Leben kann. Wo ich auch immer noch laut und sehr sehr wahnsinnig Lachen muss. Ich kann das nur weil ich nicht sterben kann. Weil es egal ist ob man mich anzündet, auffrisst, zerstückelt oder sonst was. Versteinern funktioniert bei mir nicht, weil ich irgendwie gar nicht Lebe.

Oder doch?

Ach was weiß ich!

Da bin ich schon froh, dass meine dritte Frau nicht irgendwie was noch schlimmeres ist. Und ob das geht. Masochistische Formwandler zum Beispiel.

Ich kannte mal einen, der war damit irgendwie ja...liiert. Ähm...die Betonung liegt auf war. Jetzt sind sie es nicht mehr. Sie regte sich auf das er seine Socken in ihrem (oder was auch immer das war) Badschrank deponierte. Mit dem Zahnputzzeug. Die Scheidung war nicht schön. Oder nennen wir es Trennung. Er wuchs nämlich auf ihr, oder so.

Also sie auf ihr...oder er auf er?

Es auf Es? Bei zwei Wesen die Geschlechtslos sind ist das immer sehr schwierig. Und wenn fünfzig Prozent der Partnerschaft keine feste Form haben, und der andere auf einem wächst, kann man sich auch vorstellen wie um Tante Friedas Porzellan gestritten wird.

War sehr laut und auch sehr „*Bemerkenswert*" für die nähere Umgebung.

„Nimm deine Socken aus meinem Badschrank!"

und der andere darauf

„Wie denn wenn ich am falschen Körperteil wachse!" noch wütendere Antwort des anderen

„Reingekommen sind die Socken ja auch irgendwie!"

Erklärungsversuch

„Da bin ich auch noch in der anderen Gegend gewachsen! Was musst du so viel fressen!"

sie gekränkt

„Ach Fett nennst du mich auch noch!"

er zur Situation

„Wenn du nicht so viel fressen würdest, würde ich am richtigen Körperteil wachsen und könnte meine Socken aus deinem Badschrank holen! Die du mir gekauft hast obwohl ich noch nicht mal Beine habe! Ich finde es immer wieder abgrundtief verletzend wenn man mich darauf hinweist!"

die rechtfertigende Antwort

„Da will man dir einmal eine Freude machen und was ist der Dank? Ich bin wegen deiner Undankbarkeit dermaßen frustriert! Immer geht es nur um dich!"

genervte Antwort zurück

„Wie nur um mich?! Du frisst doch aus Frust um verletzt andere nur damit du die Aufmerksamkeit bekommst die du willst!"

„Gar nicht wahr! Du bist lediglich ein sprechende Warze an meinem Arsch und hast mir gar nichts zu…"

Gut, diese Gespräche mögen Interessant wirken und auch etwas befremdlich, beizeiten komisch. Aber nicht wenn man um fünf Uhr Früh aus dem Haus muss und der Quatsch um halb vier jede Nacht stattfindet! Manchmal ist es auch sehr angenehm eine Frau zu haben die alles frisst was nicht bei drei auf dem Baum ist. Man kann mich nerven, oder auch Blinki oder die Gorgone. Wen man aber um diese Uhrzeit keinesfalls nerven sollte, ist ein Lindwurm der Lockenwickler in den Haaren hat und am anderen Tag einen Yogakurs hat. Wobei Ich mich immer noch Frage, warum sie Haare hat. Wie sie die Wickler da rein bekommen hat. Außerdem wer ihr eine Dauerwelle eingeredet hat und wie sie Yoga macht. Es gibt Dinge die Frage ich mich nach über zweitausend Jahren immer noch.
 Obwohl sie mittlerweile sehr normal sind. Also normal für mich. Das sollten sie sein.
Eigentlich.
Ich brauch mehr Schnaps...

                ....und Drogen.

Sehr viele schmerzbefreiende Drogen...

Mit anderen Worten an einige Dinge gewöhnst du dich nie. Wenn ich so auf mein Leben blicke denke ich, dass irgendwer sehr viel Humor hat, oder eine sehr sadistische Veranlagung. Wer denkt sich so ein Leben aus und vor allem für wen? Ja mit ein Paar tausend Jahre auf dem Buckel stellen sich halt in stillen Sekunden zwischen verbrannt und verdaut werden eben auch mal solche Fragen.

„Hi Bob, wie geht's dir?" höre ich gerade noch eine Stimme aus dem Brutzeln an meinen Ohren heraus. Warum man mich das immer wieder in den unmöglichsten Situationen fragt bleibt nach wie vor offen. Ich antworte mit einem routinierten „Au" das einen leichten genervten Unterton hat. Gemerkt hat letzteres jedoch bisher noch niemand....

Herstellung und Verlag:
BoD - Books on Demand, Norderstedt
ISBN 978-3-7448-8311-5